O homem imóvel assegura que nem sempre foi imóvel daquele jeito. Afirma que até há alguns anos podia girar o pescoço para um lado e para o outro.

Cães heróis

Mario Bellatin

Tratado sobre o futuro da América Latina visto através de um homem imóvel e seus trinta pastores belga malinois

Tradução Joca Wolff

COSACNAIFY

Perto do aeroporto da cidade vive um homem que apesar de ser um homem imóvel – em outras palavras, um homem impedido de s mover – é considerado um dos melhores treinadores de pastor belga malinois do país. Divide a casa com sua mãe, uma irmã seu enfermeiro-treinador e trinta pastores belga malinois adestrados para matar quem quer que seja com uma única mordida na jugular. Não são conhecidas as razões por que, ao entrar no quarto onde esse homem passa os dias recluso, alguns visitantes intuem uma atmosfera que guarda relação com o que se poderia considerar o futuro d América Latina. Se alguém pergunta sobre sua condição, esse homem costuma dizer, em sua quase incompreensível maneira de falar, que uma coisa é ser um homem imóvel e outra, um retardado mental.

Diante da fachada da casa veem-se alguma
jaulas. Cada uma contém um par de cães, que passam o dia inteiro lançando latidos agressivos às pessoas que circulam pela calçada. Se alguém se aproxima das grade a fúria desatada é tamanha que os animais acabam quebrando algum dente ao morder as barras ou atacam uns aos outros sem piedade. Cada vez que isso acontece, o homem imóvel emite bramidos agudos, motivados certamente pelo desespero de não poder sair para espantar os intrusos. Os cães ficam agitados e o enfermeiro-treinador deve acudir para aliviar sua ansiedade. Usa brinquedos resistentes a mordidas profundas e um número limitad de palavras em francês, idioma oficial par adestrar pastores belga malinois.

Ninguém sabe se o enfermeiro
-treinador foi primeiro enfer-
meiro e depois treinador,
ou vice-versa, se antes foi
treinador e depois enfermeiro.
Trata-se de um jovem de peso
um pouco elevado, que veste
roupas esportivas um tanto
desalinhadas. Por mais de
uma noite dividiu a cama com
o homem imóvel. Sobretudo
quando uma dor profunda
tortura uma de suas pernas.

As paredes do quarto estão pintadas de verde. Delas pendem diversos diplomas que certificam a assombrosa destreza daquele homem para treinar cães de comportamento tão difícil como os pastores belga malinois. Diariamente, o homem imóvel costuma ser trasladado para uma poltrona situada junto à cama. Ali, o enfermeiro-treinador amarra em torno de sua cabeça o fone de um telefone. Atrás, mantém-se atada uma ave de cetraria, que é presa numa caixa de madeira sempre que um dos pastores entra no quarto.

O homem imóvel tem um álbum de fotos – que só algumas pessoas podem ver – com uma coleção de imagens dos melhores exemplares de pastor belga malinois do mundo. Depois de esclarecer que uma coisa é ser um homem imóvel e outra, um retardado mental, o homem imóvel assegura que não existe cão idiota, mas sim dono estúpido. Imediatamente, começa a rir de maneira descontrolada.

No térreo, a mãe e a irmã dedicam-se a um estranho trabalho, que tem a ver com a classificação de sacolas plásticas vazias. Nenhuma das duas parece estar de acordo com a entrada de gente estranha na casa. Apresentam expressões de fastio toda vez que alguém é convidado ao quarto do homem imóvel. Designado para a tarefa de guiar as visitas, o enfermeiro-treinador enfrenta uma situação embaraçosa sempre que chega alguém de fora. Já faz muito tempo que o homem imóvel recebe exclusivamente pessoas ligadas à criação de pastores belga malinois.

Em certas épocas do ano, o homem imóvel decide se desfazer de algum dos cães: "só o sangue novo possibilitará os avanços genéticos necessários", assegura, e desata a rir novamente.

O homem imóvel poderia prescindir de todos os cães, menos de Annubis. Seria mais fácil se desfazer de sua família, do enfermeiro-treinador ou de sua própria casa do que de seu animal favorito. No caso de escolher o cão no lugar da casa, é um pouco cruel imaginá-lo dormindo junto a Annubis no acostamento da via expressa que liga o aeroporto à cidade. O homem imóvel tem certeza de que seu cão preferido impediria, da maneira mais feroz possível, que alguém se aproximasse de seu corpo estendido.

Apesar das opiniões contrárias, principalmente de falsos especialistas, o enfermeiro-treinador trata de convencer as visitas de que o pastor belga malinois é o cão ideal para pessoas com peculiaridades em seus corpos. Usa como exemplo o homem imóvel, ao qual em voz alta e diante dos presentes qualifica de fardo. Afirma que qualquer cão normal o teria comido há tempos. As visitas escutam em silêncio as palavras do enfermeiro-treinador. Depois de alguns minutos, sugerem que não chame de fardo o homem imóvel.

O homem imóvel passa a maior parte
do dia pedindo que levem os cães ao se
quarto. Tem diferentes sons preparados
para recebê-los. Alguns são quase impe
ceptíveis. É curioso comprovar como, a
partir daqueles ruídos tão insignificant
os animais se jogam, param, latem,
uivam e voltam a sair do quarto. Algu-
mas visitas, e às vezes também o própri
enfermeiro-treinador, asseguram que o
homem imóvel conseguiu dominar os
cães dessa maneira porque dedicou cad
minuto de sua vida a observar seus com
portamentos. Certa vez, um grupo de
intelectuais conhecedores do caso class
ficou o homem imóvel como o psicólog
de cães mais proeminente da cidade.

Os pastores belga malinois não dão provas de obediência e valor apenas dentro da casa. Tal como certificam os diplomas pendurados nas paredes, participaram de inumeráveis competições, muitas de caráter internacional. Os exemplares do homem imóvel foram campeões principalmente do ringue francês, prova de habilidades caninas que inclui rastreamento, salto e valentia. Também se destacaram em exercícios de defesa pessoal e em farejamento de substâncias narcóticas. Ninguém sabe como, em sua rigidez tão absoluta, o homem imóvel conseguiu treinar seus cães para provas que exigem tanta movimentação. O enfermeiro-treinador parece ter a resposta. No entanto, nunca se atreverá a dizê-la em público.

Tem-se a impressão de que muitos enfermeiros-treinadores passaram pela vida do homem imóvel. Mas com nenhum deles parece ter desenvolvido uma relação tão estreita como a que mantém com o atual. Se alguém tentasse apontar uma idade definida para o homem imóvel, seria mera especulação. A partir de uma rápida observação física, pode-se calcular qualquer idade entre trinta e cinquenta anos.

Pode ser um detalhe curioso assinalar que na parte de trás do quarto encontra-se pendurada uma gaiola com meia dúzia de periquitos--australianos. Ao vê-los, dissolve-se a ideia de que a ave de cetraria está amarrada por uma das patas por medo de que os cães a devorem. Parece que ao prender a ave, o que se busca é preservar a vida dos periquitos.

Em outra das paredes, há um grande mapa da América Latina, onde estão circuladas em vermelho as cidades em que a criação de pastores belga malinois está mais desenvolvida. Alguns visitantes diante desse mapa, são levados a pensar no futuro do continente.

Em cima da mesa onde está o aparelho telefônico, cujo fone o homem imóvel mantém o tempo todo amarrado em volta da cabeça, encontra-se uma ilustração colorida que mostra mais de uma dezena de naves espaciais percorrendo o espaço sideral. O homem imóvel pede sempre à sua irmã que deixe por um instante o trabalho com as sacolas plásticas e suba ao segundo andar para recortar algumas figuras para ele. Solicita também que insira em cada uma das naves as imagens dos cães que guarda em certos álbuns. A irmã não dá atenção. E mais, nunca subiu ao andar de cima da casa onde moram.

Com certa regularidade,
o homem imóvel manda
o enfermeiro-treinador
discar o número da
Central de Informações.
Pretende averiguar,
na realidade e não no
universo das ilustrações
quantos pastores belga
malinois cabem dentro
de uma nave espacial.

Há uma prova à qual, de quando em quando, o homem imóvel submete o enfermeiro-treinador. Trata-se de uma experiência até certo ponto insólita. Começa quando o homem imóvel pede ao enfermeiro-treinador que brinque, de forma exagerada, com Annubis. Que o provoque até deixá-lo feliz. O pastor belga malinois parece ficar muito contente com o jovem vestido com roupa esportiva, que é o único ser humano com quem desde filhote mantém um contato real. O enfermeiro-treinador foi o encarregado de alimentar, limpar e dar palmadas de carinho em Annubis desde o dia em que nasceu.

Quando Annubis dá mostras de chegar ao ápice da felicidade, o homem imóvel, por meio de sinais, ordena que o enfermeiro-treinador saia do quarto e deixe-o a sós com o cão. O homem imóvel começa então a emitir os sons necessários para que Annubis o mire fixamente e, entre outras coisas, levante as orelhas. Emite depois um ruído, ainda mais obscuro, que avisa ao enfermeiro-treinador que deve entrar novamente no quarto. Ao vê-lo entrar, Annubis se dispõe a atacar com uma ferocidade indescritível. O som seguinte que sai da garganta do homem imóvel freia o cão em pleno ar. O homem imóvel reitera naquele momento que continua sendo dono de todo o poder. O enfermeiro-treinador parece deleitar-se com a satisfação que o experimento com Annubis produz no homem imóvel.

Alguns minutos depois, o homem imóvel costuma mandar que voltem a discar o número da Central de Informações. Parece querer tirar suas dúvidas sobre a relação entre os pastores belga malinois e as naves espaciais. Sobre a mesa do quarto, encontra-se a ilustração das naves com os recortes dos cães colados em cima. Foi o enfermeiro-treinador quem pegou a tesoura e colocou as figuras onde o homem imóvel desejava

É tão rápida a velocidade da voz que responde na Central de Informações, e tão lenta e distorcida a que o homem imóvel emite que, ainda que se estabeleça a comunicação, a chamada não chega a bom termo. A Central de Informações dá por finalizado o contato antes que o homem imóvel possa pronunciar uma segunda palavra.

No térreo, a mãe e a irmã seguem no ofício de classificação das sacolas plásticas. Naquele dia, nenhum visitante é esperado. Os cães estão todos em seus lugares. No chão de algumas jaulas ainda há excremento que não foi recolhido. O homem imóvel sabe disso pois entre outras habilidades, tem o olfato bastante desenvolvido. No entanto, naquele dia parece não se importar com a situação. Alguns cães uivarão por não terem suas jaulas limpas. Outros farejarão com insistência tanto seus próprios excrementos quanto os alheios. Em vez de se preocupar com o estado dos animais, o homem imóvel afirmará sentir incômodos na perna que sempre dói. O enfermeiro-treinador deverá fazer-lhe massagens. Do andar de baixo, a mãe e a irmã gritam para consolá-lo. O enfermeiro-treinador aproveitará o momento para pedir às duas mulheres o consentimento para passar a noite no quarto.

Quando estão a ponto de dormir – os dois juntos na mesma cama –, o homem imóvel tem a esperança de que na manhã seguinte uma ligação da Central de Informações os acorde para informar quantos pastores belga malinois cabem numa nave espacial. Enquanto a esperada comunicação não se materializa, o homem imóvel se consola pensando que os círculos marcados em torno das cidades do mapa da América Latina são, sem sombra de dúvida, os lugares mais adequados para que se realize sem dificuldades a criação de pastores belga malinois. Assim o comprovam os ensaios levados a cabo em outros planetas do sistema solar.

Pode-se pensar que na casa do homem imóvel ninguém tem conhecimento das circunstâncias em que o atual enfermeiro-treinador foi contratado. Acredita-se que não é o primeiro a ocupar o posto. Quando se menciona o primeiro enfermeiro-treinador, o homem imóvel grita como nunca e a irmã tenta se esconder debaixo das saias da mãe. O enfermeiro-treinador anterior aparece em muitas das fotos em que se vê o homem imóvel competindo nos ringues de que participou. Trata-se de um sujeito de cabelo ralo que, não importa a ocasião, veste terno e gravata. O homem imóvel assegura que o enfermeiro-treinador anterior odiava os cães, apesar do fato de que cuidar deles era sua principal obrigação.

O homem imóvel parece ter construído sua própria história familiar. Inventou uma espécie de passado para a família inteira. Entre outras coisas, afirma que durante muitos anos todos os familiares estiveram recolhidos em diversas instituições de caridade. Que se mantiveram separados por cerca de vinte anos. Para conseguirem estar juntos novamente, o homem imóvel assegura que a mãe iniciou um longo percurso depois de ter alta do lugar onde era mantida reclusa. Foi dessa maneira que a casa foi habitada novamente.

Quando a mãe apareceu na instituição onde o homem imóvel cresceu, o filho resistiu de todas as formas a que o tirassem dali. Pediu a uns enfermeiros que o escondessem nos depósitos dos fundos. Foi encontrado horas depois. Entre os estranhos sons que emitiu para evitar sua saída, pôde-se entender algo relacionado a uma máquina de escrever. Aquela foi a segunda vez que lhe negaram uma máquina daquele tipo. A primeira foi pouco depois de conhecer um menino que lhe disse que se dedicava a escrever histórias sobre cães heróis.

Segundo o relato do homem imóvel, a irmã trabalhava como doméstica na instituição onde esteve internada. Apenas sob essa condição podia justificar não ser posta na rua. Mal voltaram a se ver, o homem imóvel e sua irmã repudiaram-se mutuamente. Eram dois perfeitos desconhecidos.

Nunca se soube de que maneira o homem imóvel conseguiu o dinheiro necessário para adquirir os primeiros pastores belga malinois que manteve em sua casa. Sabia-se apenas que aqueles cães foram levados à casa pelo enfermeiro-treinador de então. Talvez aqueles animais não tenham custado nenhum centavo. Existe a teoria de que o primeiro enfermeiro-treinador aceitou o emprego porque não sabia o que fazer com uma matilha de que era dono. Durante os meses anteriores havia tido pouca sorte. Tratava-se de um treinador falido.

Ao observar as condições em que vive a família, muitos se perguntam de onde vem o dinheiro necessário para pagar não apenas os gastos com os cães mas também os que acarretam os seres humanos.

O atual enfermeiro-treinador chegou à casa com o objetivo de cumprir certo requisito acadêmico: para se graduar como enfermeiro, devia primeiro fazer um trabalho prático voluntário. Mas ainda que o enfermeiro-treinador esteja capacitado para demonstrar sua experiência com o homem imóvel – e com isso conquistar um título em nome da nação –, jamais lhe ocorreu voltar ao seu centro de estudos para reclamar algum documento.

É difícil entender as circunstâncias que fazem com que o enfermeiro-treinador continue na casa sem receber nenhuma remuneração. Cada vez que o enfermeiro-treinador manifesta sua decisão de abandoná-lo, o homem imóvel cala suas palavras com a ameaça de mandar matar os animais. Ao ouvir isto, o enfermeiro-treinador sempre desce para o andar de baixo. Ali, junto à mãe e à irmã, conta que imagina uma matança muito selvagem. O enfermeiro-treinador imagina nesses momentos tanto a pessoa capaz de levar a cabo a carnificina quanto os métodos a serem utilizados. O enfermeiro-treinador acredita que o verdugo será alguém encontrado através da Central de Informações. A mãe e a irmã afirmam que, diante de uma situação desse tipo, se trancariam aterrorizadas em uma das jaulas.

No momento da matança, o homem imóvel pedirá que Annubis seja o primeiro animal a ser sacrificado. Logo depois de pronunciar estas palavras, diz sentir uma dor intensa na perna que lhe dói com regularidade. Então o enfermeiro-treinador abandona tudo o que estiver fazendo para começar uma massagem terapêutica. Se a dor não cede, o enfermeiro-treinador deve se introduzir na cama do homem imóvel para esquentar com seu corpo a perna dolorida. Para isso, primeiro livra-o do telefone amarrado a sua cabeça e depois o carrega da poltrona onde passa os dias até a cama situada debaixo da gaiola dos periquitos-australianos.

Depois de acomodar o homem imóvel debaixo das cobertas, o enfermeiro-treinador encolhe-se ao seu lado. Antes de fazê-lo, desce ao andar de baixo para pedir a habitual permissão para se deitar com o filho. O homem imóvel e o enfermeiro-treinador ficam juntos até a manhã seguinte. Mais de uma vez, o homem imóvel disse que aquela é a única maneira de ver aplacada a sua dor.

Certa vez, um sujeito, aprendiz de instrutor canino, mostrou-se interessado em adquirir um dos pastores belga malinois do homem imóvel. Antes de lhe dar o endereço, o homem imóvel submeteu o sujeito a um exame minucioso. Pelo telefone, perguntou principalmente sobre suas características físicas. Como a casa do homem imóvel fica numa rua de difícil acesso, mandou o enfermeiro-treinador esperar o aprendiz de instrutor num cruzamento estratégico.

No dia anterior à chegada do aprendiz de instrutor, o homem imóvel decidiu quais seriam os cães colocados à venda. Só estariam à disposiçã os animais que apresentavam problemas. Um que mordia sem controle o primeiro que lhe passasse pela frente, e outro que tinha um comportamento mais próprio de um cã fraldeiro do que de um pastor belga malinois.

Nos últimos tempos, o prestígio do homem imóvel como treinador de pastores belga malinois decaiu de forma notável. Talvez por conta da mudança em seu caráter que cada vez se faz mais evidente. A cada dia parece mais irritado, não somente com os cães mas sobretudo com os donos de outros animais. O desprestígio também pode ter sido ocasionado porque suas técnicas, aprendidas com o antigo enfermeiro-treinador, já se mostram obsoletas. O ringue francês se moderniza com uma rapidez assombrosa. Também inventaram coleiras que lançam discretos choques elétricos, para que os cães obedeçam de maneira mais efetiva às ordens de seus treinadores. Em suas atuais condições, o homem imóvel está impedido de adquirir não somente estas coleiras, como também os manuais que existem em circulação.

Quando o aprendiz de instrutor chegou à casa, a mãe e a irmã colocaram lenços na cabeça e apagaram as luzes do térreo. Naquele dia, tiveram que continuar o trabalho com as sacolas no escuro. Ao saber da atitude das duas mulheres, o homem imóvel protagonizou tamanho escândalo que à mãe e à irmã não restou outra alternativa senão tirar os lenços e acender as luzes novamente. Durante aquela visita, insultou mais de uma vez o enfermeiro-treinador. Fez, além disso, algo que ninguém pensou que seria capaz: sacrificou, sem se alterar, a ave de cetraria.

O aprendiz de instrutor foi acomodado numa cadeira colocada diante do sofá. O homem imóvel parecia ter organizado a visita em seus mínimos detalhes. Para começar, o aprendiz de instrutor devia permanecer sentado naquela cadeira todo o tempo que durasse sua presença no quarto. O enfermeiro-treinador devia sair do quarto para ir tirando um por um os cães de suas jaulas. Devia levá-los depois para o quarto. Enquanto o enfermeiro-treinador ia buscar os animais, o homem imóvel explicava ao aprendiz de instrutor o comportamento que apresentariam no quarto. Em certo momento, o homem imóvel descreveu a forma como um dos cães mataria a ave de cetraria. Os pastores belga malinois foram se comportando tal como profetizava o homem imóvel. Chegado o momento, a destruição da ave foi bastante violenta.

Durante a exibição, o enfermeiro--treinador teve de ficar em silêncio. Desse modo, fez desfilar todos os pastores belga malinois com que o homem imóvel contava. No grupo, estavam misturados os exemplares de que queriam se desfazer. Apenas uma vez um dos cães desobedeceu às ordens do homem imóvel. Shakura, a cadela mais velha da casa, se lançou num descuido sobre a perna do aprendiz de instrutor. O homem imóvel insultou então o enfermeiro-treinador como nunca tinha feito antes. Imediatamente, expulsou da casa o inocente aprendiz de instrutor.

Depois daquele incidente, seria impossível realizar a transmissão de comando necessária para que alguém adquirisse algum dos animais, gritava o homem imóvel da poltrona.

Assim que o aprendiz de instrutor deixou a casa, o homem imóvel ordenou ao enfermeiro-treinador que voltasse a trazer Shakura para o quarto. Foram agudos os uivos da cadela ao receber o castigo de seu dono.

De vez em quando, a mãe e a irmã pedem ao enfermeiro-treinador que as ajude com as sacolas plásticas que devem classificar diariamente. Nem a mãe nem a irmã jamais disseram ao enfermeiro-treinador que função cumprem aquelas sacolas em suas vidas. No entanto, o enfermeiro-treinador parece ser capaz de intuir.

Cada vez que a mãe e a irmã solici
tam o auxílio do enfermeiro-trei-
nador, o homem imóvel tem uma
espécie de ataque de nervos. Sabe
que durante esses momentos ficar
absolutamente só. Parece não se d
conta da presença dos periquitos-
-australianos em seu quarto. Nesse
momentos, o homem imóvel emit
os ruídos necessários para que os
cães uivem sem parar. É curioso
como os pastores belga malinois,
apesar de estarem a certa distância
do quarto, escutam sem dificuldad
os sons que seu dono produz.

Apesar das condições em que precisam trabalha
com o homem imóvel vítima de um ataque de pânico e os cães uivando sem parar, a mãe e a irmã sabem que não podem abandonar a tarefa que estão realizando. Em momentos assim, o enfermeiro-treinador enfrenta um dilema. Sabe que o homem imóvel sofre com o abandono de que é vítima, mas sabe também que há gasto
econômicos a considerar. Trabalha com as sacola
vazias sem pensar em toda desordem a seu redo
Ao fim, nem as mulheres nem o enfermeiro-treinador poderão suportar mais a situação e, alterados, deixarão o trabalho. O enfermeiro-trei
nador subirá até o quarto e, ainda que o homem imóvel não diga que está com dores, massageará a perna que sempre o incomoda. A mãe e a irmã se manterão escondidas. Os patrões não tardarã
a vir recolher as sacolas e trazer outras novas. As mulheres deverão pedir então, uma vez mais uma das costumeiras tréguas no trabalho.

Naquela noite, quando o homem imóvel estiver adormecido, a mãe e a irmã trabalharão o dobro do normal. Em dias como aquele, os pastores belga malinois costumam se manter tranquilos, desde que o homem imóvel não tenha pedido a presença de Annubis para passar a noite a seu lado. Em caso contrário, os outros cães – percebendo que Annubis é quem vela o sono do dono – ficarão inquietos até de madrugada.

Em noites como aquela, de tempos em tempos o enfermeiro-treinador terá de abandonar o trabalho com as sacolas para visitar as jaulas. Apesar de seus esforços, não conseguirá apaziguar totalmente os cães. Os pastores belga malinois só se acalmarão com as primeiras luze da alvorada. A essa hora, o enfermeiro-treinado subirá ao andar de cima para levar ao homem imóvel uma xícara de chá. O enfermeiro-treinador sabe que em momentos assim não pode entrar no quarto sem mais nem menos. Antes, deve bater na porta com cautela, tentando fazer com que o homem imóvel desperte e transmita as instruções necessárias para que Annubis não o despedace ao vê-lo entrar com a xícara. Em amanheceres dessa natureza, o mais provável é que o homem imóvel finja estar adormecido. Que, por mais que ouça, não apenas as batidas na porta mas também as palavras ternas do enfermeiro-treinador, simule não escutar.

No andar de baixo, a mãe e a irmã ouvirã angustiadas o sinuoso despertar do homem imóvel. Precisam que o enfermeiro-treinador desça com urgência e continue ajudando no trabalho. Nem a mãe nem a irmã sabem na verdade o que fazer com as sacolas plásticas que devem classificar Limitam-se a acomodá-las em pilhas, ma e mais. Enquanto o homem imóvel não responde e continua fingindo dormir, é pouco o que se pode avançar. Não é que mãe e a irmã não amem o homem imóve nem desejem de boa-fé que ele acorde e tome o chá quente. Apreciam, inclusive, o tom com que o enfermeiro-treinador, mantendo a xícara em equilíbrio, anunci a chegada do novo dia.

Annubis se mantém em silêncio. No entanto, suas orelhas estão em posição de alerta. Parece esperar alguma ordem para entrar em ação. De repente, o homem imóvel abre um olho. De acordo com seu costume, descolará o outro dez minutos depois. Gostaria talvez de continuar esse jogo infinitamente. De abrir e fechar os olhos sem parar. Sabe que em momentos assim os demais ficam por um triz. Sabe também que pensam, ainda que sejam incapazes de manifestá-lo, que pode inclusive estar morto.

Caso o homem imóvel não fosse mais que um cadáver, seria uma verdadeira proeza resgatá-lo. Annubis daria a própria vida antes de permitir que alguém pusesse um dedo sobre o corpo inerte de se dono. A fome que o homem imóvel começa a sentir termina sempre pondo ponto final à situação. Seu estômago começa a roncar levemente. Desde as seis da tarde do dia anterior não come nada. A essa hor o enfermeiro-treinador subiu com alguma comida leve. O enfermeiro-treinador termina sua maneira d despertar o homem imóvel oferecendo em voz alta, junto com a xícara de chá, um sanduíche que logo preparará. Só nesse momento o homem imóvel emitirá um ruído, mínimo além do mais. Annubis uivará acompanhando os sons de seu dono. Embaixo, a mãe e a irmã não poderão se conter e darão risada às escondidas. Então, o enfermeiro-treinador entra no quarto para deixar a xícara na mesa de cabeceira. Annubis rosna levemente. Não chega a atacar porque o mínimo ruído que a garganta do homem imóvel produz é na verdade uma ordem para mantê-lo tranquilo.

O enfermeiro-treinador sai do quarto segundos depois. Desesperado, desce as escadas. Não parece lhe importar que tropece e caia. Passa correndo diante da mãe e da irmã, que o observam cheias de esperança. Antes de voltar a se sentar com elas, deverá ir à cozinha preparar o sanduíche prometido. Ainda não amanheceu. Escuta-se ao longe o rumor dos carros que vão e vêm do aeroporto.

De acordo com a versão do homem imóvel, ao nasce foi entregue a uma instituição de caridade para ser criado devidamente. Levando em conta as características da criatura, certos cientistas não consideraram a mãe apta para uma responsabilidade materna daquela natureza. O homem imóvel assegura que assim que teve alta do hospital onde deu à luz, a mãe retornou sozinha para casa e com a pouco nobr intenção de asfixiar sua filha. Naquela época, a casa tinha apenas um cômodo. A irmã do homem imóvel se salvou no último momento daquele arrebatament homicida. Alguns vizinhos – que foram dar as boas-vindas, conhecer a nova criatura e devolver a filha que a mãe havia deixado sob seus cuidados durante os dias em que esteve internada no hospital – foram testemunhas da exaltação daquela mulher. Ao menor descuido, e sem nem sequer permitir que os vizinhos voltassem a suas casas, colocou uma almofada na cara da aterrorizada criatura. Síndrome de estado puerperal, diagnosticaram os mesmos cientistas que dias antes lhe tinham arrancado a tutela do filho recém-nascido.

De acordo com o que o homem imóvel costuma afirmar, a mãe foi internada a pedido dos vizinhos. A princípio parece que nenhuma instituição quis aceitá-la. Precisou tentar pôr fogo em sua própria casa uma semana depois da tentativa de assassinato, para que as autoridade tomassem as rédeas do assunto. Est é uma das versões que o homem imóvel mais repete. Parece que rep tindo-a, pretende explicar as razões por que, supostamente, não cresceu dentro do que se pode chamar de um típico núcleo familiar.

Durante cerca de vinte anos, os membros da família se mantiveram longe uns dos outros. Desde o princípio, a irmã sentiu extrema falta da mãe. Nunca se acostumou com a separação. Talvez tenha sido esta a razão por que perdeu boa parte dos dentes num tempo relativamente curto. As sobrancelhas e os cílios, por outro lado, foram caindo de forma gradual. O homem imóvel assegura, e com isso consegue que a irmã ao escutá-lo experimente acessos de coragem difíceis de administrar, que durante seus anos de internação foi tratado como um rei. Afirmava que dispunha de três enfermeiras em tempo integral, às quais pedia todos os dias a imagem recortada de algum cão. Naquele tempo, não demonstrava predileção por nenhuma raça em particular. Ao redor de sua cama conservava uma série de figuras de spaniels, teckels, perdigueiros e cães alanos. Algumas estavam coladas nas paredes. Outras se amontoavam numa gaveta do pequeno guarda-roupa usado por todas as crianças da instituição.

Por aqueles anos, conheceu um menino que tinha escrito um livro sobre cães de vidas heroicas. O menino havia ilustrado o livro com figuras recortadas, parecidas com as que se multiplicavam ao redor de sua cama. O menino escritor visitou o pavilhão durante o mês de outubro de 1967. Acabava de fazer, naquela mesma manhã, a primeira comunhão. A paróquia onde fez a comunhão tinha organizado aquela visita piedosa. Dias antes, os responsáveis esclareceram aos preocupados pais de família que não seriam percorridas as alas de crianças com doenças infecciosas. A peregrinação incluiria apenas as dos pacientes queimados ou com problemas psicomotores.

Parece que o menino escritor se interessou especialmente por uma paciente à qual faltava parte do nariz Talvez por isso lhe entregou todo o conteúdo da sacola de presentes que levava. Tinha duas dúzias de surpresas embrulhadas em papel colorido. Sempre de acordo com a versão do homem imóvel, quando o menino viu os recortes de cães colados nas paredes do sanatório, afirmou que era escritor e que tinha concebido um livro sobre cães heróis. Disse também que, quando terminou o livro, sua avó foi a única pessoa interessada em lê-lo.

Naquela mesma tarde, o homem imóvel pediu, pela primeira vez na sua vida, uma máquina de escrever. Solicitou-a às enfermeiras que cuidavam do seu bem-estar. Igual àquele menino queria escrever uma série de histórias. Tinha-as imaginado enquanto observava as figuras que as enfermeiras recortavam para ele diariamente. O homem imóvel só voltou a pedir uma máquina de escrever quando foi retirado da instituição.

Às vezes, o homem imóvel conta ao enfermeiro-treinador histórias relacionadas aos trinta pastore belga malinois que mantém em sua casa. Conta também sobre a ave de cetraria que tinha de ser coberta com uma caixa de madeira cada vez que os cães entravam no quarto. Às vezes, inclusive sobre os periquitos-australianos. Enquanto elabor os relatos – de uma maneira lenta e confusa –, o homem imóvel esquece que a mãe, a irmã e o enfermeiro-treinador trabalham no térreo com as sacolas que sempre se atrasam para entregar. A mãe e a irmã aproveitam qualquer momento de hesitação do homem imóvel para chamar o enfer-meiro-treinador – que sai do quarto sem que o homem imóvel o perceba – e avançar com presteza no trabalho encomendado. Ambas lembram sempre que foram justamente as sacolas plásticas que reuniram novamente a família. O enfermeiro-treinador tenta com frequência saber detalhes sobre como aquelas sacolas fizeram com que vivessem juntos novamente.

Ainda que o enfermeiro-treinador saiba que a história da reclusão em diferentes instituições é uma farsa, age como se aquela passagem da vida dos moradores da casa fosse verdade. Quando pergunta às mulheres sobre o passado familiar, consegue apenas que se produza um respeitoso silêncio. Ambas as mulheres estão convencidas de que aquele estado, em que o silêncio forçado cria uma espécie de tensão, faz com que o trabalho transcorra na melhor das condições. Por essa razão, e seguramente para melhorar a produção, as mulheres incitam todo o tempo o enfermeiro-treinador a perguntar como foi possível que as sacolas plásticas reunissem novamente a família. O silêncio termina quando, no andar de cima, o homem imóvel, produzindo seus sons habituais, consegue uma reação em cadeia de latidos que envolve os trinta pastores belga malinois que são mantidos na casa. Em situações assim, o enfermeiro-treinador sobe imediatamente as escadas.

Todos os dias o homem imóvel diz ao enfermeiro-treinador que gostaria de ter novamente uma conversa com o menino que trinta anos atrás lhe disse que tinha escrito um livro sobre cães heróis. Essa lembrança faz com que cada vez mais frequentemente se esqueça da relação existente entre os pastores belga malinois e as naves espaciais. Esquece também, inclusive, do mapa da América Latina, que fica pendurado numa das paredes do quarto. O homem imóvel costuma dizer ao enfermeiro-treinador que deseja conversa com o menino por volta das seis da tarde, hora exata em que o menino abandonou o pavilhão do hospital onde o homem imóvel estava internado. Seu desejo às vezes se torna um tanto exaltado. O enfermeiro-treinador busca então diversas formas de acalmar sua ansiedade. A mais usual consiste em levar ao quarto todos os cães que moram na casa. Cada um dos pastores belga malinois tem um tempo determinado para permanecer ali. Calcula-se uma média de dez minutos por animal. Quando se apresenta uma situação desse tipo, o enfermeiro-treinador dedica-se umas quatr horas à tarefa. Antes de levar o primeiro cão, o enfermeiro-treinador devia colocar a caixa de madeira em cima da av de cetraria. Nesse momento, os periquitos-australianos costumam estar cobertos por uma manta cuja estampa representa o sistema solar.

Apesar de o enfermeiro-treinador nunca ter esquecido de fazê-lo, o homem imóvel lembra-lhe sempre – a maioria das vezes com gritos exaltados – de colocar a caixa de madeira em cima da ave de cetraria antes de levar os cães para o quarto. Ordena-o inclusive quando a ave já não está mais no quarto. Só depois que o último pastor belga malinois visita o quarto, o enfermeiro-treinador ocupa-se das necessidades vitais daquele pássaro. Quando a ave de cetraria ainda não havia sido despedaçada, o enfermeiro-treinador dirigia-se a essa hora ao primeiro andar e tirava de um pote um dos ratos que criava para alimentar a ave. Costumava manter meia dúzia desses roedores, que renovava uma vez por semana com ratos novos comprados no mercado. O enfermeiro-treinador introduzia o rato escolhido num aparelho que o homem imóvel tinha batizado de transportador de roedores. Tratava-se de um pequeno tubo de tela metálica que contava com uma garra na parte superior. Quando voltava ao quarto, o enfermeiro-treinador destapava a caixa da ave e desamarrava-lhe a pata. Em seguida, abria a porta do transportador e atiçava o rato para que saísse correndo. Era indescritível o caos que se formava no quarto sempre que o pássaro se dispunha a caçar o roedor que acabava de soltar. Curiosamente, quando a ave desarrumava de forma desesperada os objetos ao seu redor era um dos poucos momentos em que o homem imóvel ria de maneira diferente da que todos conheciam. Ensaiava um sorriso que, de alguma maneira, poderia ser considerado beatífico.

Entretanto, e em virtude dos acontecimentos, no andar de baixo a mãe e a irmã cobriam suas cabeças com um par de sacolas plásticas. Depois, saíam de casa. Parecia que não podiam suportar o alvoroço que o pássaro causava atrás de sua presa.

Da janela do andar de cima, o enfermeiro-treinador observa as duas mulheres se afastarem. Em momentos assim, nunca se pode saber se vão voltar. Reparem: o homem imóvel mantém inalterável o seu sorriso particular.

Um homem inválido mora com trinta pastores belga malinois prontos para “matar quem quer que seja com uma única mordida na jugular”. Seu enfermeiro, com quem tem uma relação pervertida de autoridade, consola-o com massagens na perna, enquanto sua mãe e irmã dedicam-se a um obscuro trabalho de classificação de sacolas plásticas vazias. Estamos no universo de Mario Bellatin: na estranheza e intensidade deste romance breve, o leitor é guiado pelo arsenal de recursos de um dos mais inclassificáveis escritores contemporâneos. Seus cortes abruptos, elipses, silêncios e metáforas misteriosas, uma delas aproximando a atmosfera do quarto onde se passa a história com o “futuro da América Latina”, manejam o contraste entre uma superfície de frieza e automatismo e uma nota subterrânea de emoção. Que carrega em si desespero, já que em cada linha sentimos a presença da dor e da violência, mas também um certo humor que se alimenta da claustrofobia e da obsessão.

Michel Laub

Coordenação editorial
Emilio Fraia

Preparação
Marion Hesser

Projeto gráfico
Elaine Ramos e Maria Carolina Sampaio

Composição
Paulo André Chagas

Revisão
Ana Paula Martini e Pedro Paulo da Silva

Nesta edição, respeitou-se o novo Acordo Ortográfico da Língua Portuguesa.

La presente traducción fue realizada con el estímulo del Programa de Apoyo a la Traducción de Obras Mexicanas a Lenguas Extranjeras (PROTRAD), dependiente de las instituciones culturales de México convocantes.

A presente tradução foi realizada com o estímulo do Programa de Apoyo a La Traducción de Obras Mexicanas e Lenguas Extranjeras (PROTRAD), dependente das instituições culturais do México requerentes.

Dados Internacionais de Catalogação na Publicação (CIP)
(Câmara Brasileira do Livro, SP, Brasil)

Bellatin, Mario [1960-]
Cães heróis: Mario Bellatin
Título original: *Perros héroes*
Tradução: Joca Wolff
São Paulo: Cosac Naify, 2011
128 pp.

ISBN 978-85-405-0022-8

1. Ficção mexicana I. Título.

11-09646 CDD-863

Índices para catálogo sistemático:
1. Ficção : Literatura mexicana 863

COSAC NAIFY
Rua General Jardim, 770, 2º andar
01223-010 São Paulo SP
Tel. [55 11] 3218 1444
www.cosacnaify.com.br

Atendimento ao professor [55 11] 3218 1473

fonte **Melior** e **Helvetica**
papel **Alta alvura 120 g/m²**
impressão **Geográfica**
tiragem **2000**